台語鹿出任務
Tâi-gí-lȯk Tshut Jīm-bū

－發光ê寶石－
Huat-kng ê Pó-tsiȯh

有聲冊

作者
台語路親子樂團
Tâi-gí-lōo Tshin-tsú Gȧk-thuân

作者ê話 Tsok-tsiá ê Uē

團長 楊晉淵 A-ian

「台語路親子樂團」的成員，來自一个號做「台語路」的親子共學團體。這本囡仔冊，就是這寡家長，逐家鬥陣完成的作品！

上早的創作動機，是感覺這馬的囡仔，毋但袂曉講台語，接收的文化資訊，閣有一大部份來自外國，所以想欲做一寡會當那唱那跳的囡仔歌，予in加一寡接觸台灣文化的機會。

想袂到遮的家長能力飽，實踐力強，想欲做的夢嘛蓋大！本底按算做一塊囡仔歌專輯，但經過一擺閣一擺的開會調整，一直加入新的想法，落尾做伙完成的這个作品，毋但有音樂，閣有故事、畫圖、遊戲，足豐沛！

另外，予我上感動的，就是參與製作的團員，本身攏是蓋無閒的家長，平常時除了有家己的穡頭愛做，閣愛tshuā囡仔，毋過逐家為著欲予囡仔較好的母語環境，閣較thiám嘛硬擠出時間來拍拚！

總講一句，我會當掛保證，這是一个好聽、好看、好耍閣充滿意義的作品，請逐家鬥陣來支持！

副團長 董力玄 Lėk-hiân

講台語ê囡仔出外，定定hō老大人呵咾「講台灣話，讚！」抑是「這馬真罕咧聽著囡仔人講台語。」真濟阿公、阿媽看kah欣羨，oát頭soah猶是毋知按怎開喙對家己ê孫講母語。

另外一方面，阮去公園ê時陣，嘛不時hō邊仔ê囡仔問『阿姨，你的小孩為什麼說英文？』這代表，這馬有真濟囡仔毋-nā聽無台語，對世界ê認bat嘛真單一，拄著生份ê語言就認為彼是英語。

台灣本成是一个多語ê多元社會，毋過經過幾若十年ê政治社會變遷，本土語言soah一个一个面臨傳承危機。佳哉這馬台灣閣七成人口會曉講台語，咱有才調替囡仔創造雙語（台＋華）以上ê語言環境！

台語路親子樂團拚勢開發這套教材，就是想beh透過「音樂×遊戲×故事」hō台灣囡仔「歡喜唱、歡喜耍、歡喜學語言」，嘛期待台灣會使是「多語共榮ê台灣」！

目錄 Bȯk-lȯk

4-9	故事ê開始

10-11 ♬ 來去公園招旅伴	Hello

12-13	揣看覓

14-15 ♬ 來去山頂相借問	Gâu早

16-17	井字相借問

18-19 ♬ 來去灶跤攢食物	你beh食啥

20-21 ♬ 來去市仔食hōo飽	歡喜肉圓來跳舞

22-23	台灣點心來辦桌

24-25 ♬ 來到路口起躊躇	Beh去佗位

26-27 ♬ 來去天頂看風景	飛行機

28-29	飛向世界

30-31 ♬ 轉來台灣大集合	再會

附錄 Hù-lȯk

32-33 A	歌詞ê羅馬字	40-41 D	台語小教室
34-35 B	全書華語翻譯	42-43 E	和孩子講台語Q&A
36-39 C	共讀與教學指南	44-45 F	Tshat色圖

愛講台語ê阿鹿便若佇學校講台語，
同學定定聽無，講he是外國話。

伊有一粒心愛ê寶石，伴伊度過生活中ê喜怒哀樂。

這工，阿鹿kā寶石提出來捧佇手--裡，想著連上好ê朋友都叫伊『不要講台語了啦！』，艱苦kah目屎輾--落來…

這个時陣，神奇ê代誌發生--ah…

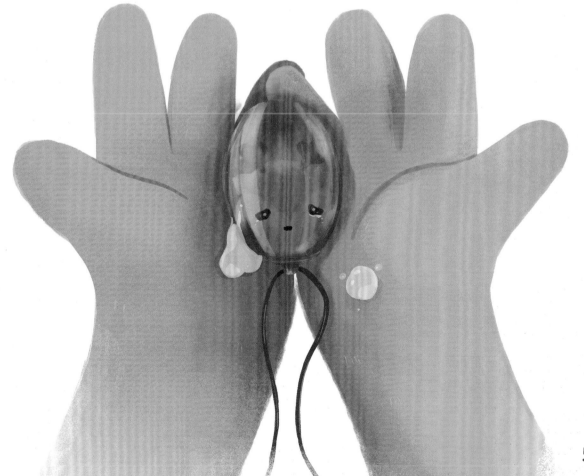

目屎--一下tin著寶石，
傳說中ê番薯天使竟然出現佇伊面頭前！

番薯天使笑bi-bi對伊講：
「講台語kah別人無仝，hōo你誠傷心是--無？」

「其實--honnh，會曉講台語就親像是你ê寶石--neh！眞濟人已經kā台語放袂記--得--ah，你會sái做守護台語ê英雄--ooh，beh試看覓--無？」

「敢有可能？m̄過我kan-na一个人niâ...」

「來，只要kā這粒寶石掛佇胸前，想beh守護台語ê人就會綴你行。」

「毋通看這粒寶石這馬phú-phú，聽候你完成四項任務，得著其他寶石，就會發現伊ê祕密...」

「聽起來足好耍--neh！」

好玄ê阿鹿，聽了隨準備啟程。

各位囡仔兄、囡仔姊，
紲--落來就請你kah伊做伙去完成任務，
無的確，你嘛會得著寶石--ooh！

Hello

Hello　哥哥
Hello　姊姊
咱做伙來唱歌
咱做伙迌迌

Hello　弟弟
Hello　妹妹
咱做伙來唱歌
咱做伙迌迌

Hello　囡仔兄
Hello　囡仔姊
咱做伙來唱歌
咱做伙迌迌

揣看覓

1 四種動物逐種攏有五隻，你敢揣會tsiâu著？

膨鼠
phòng-tshí

白翎鷥
pe̍h-līng-si

山暗光
suann-àm-kong

龜
ku

2 Koh有一寡囡仔tsah出門ê物件，嘛請你鬥揣一下。

鞋仔
ê-á

點心
tiám-sim

茶鈷
tê-kóo

揹仔
phāinn-á

帽仔
bō-á

外套
guā-thò

3 這幾隻佇佗位？

佇「沙窟」內底掘空ê膨鼠

牢佇「蜘蛛peh網」頂ê山暗光

徛佇「鳥仔岫韆鞦」頂懸跳舞ê白翎鷥

覕佇「khit-khok枋」內底睏ê龜

Mooh一粒球咧耍「跙流籠」ê白翎鷥

掛喙罨耍「跳床」ê膨鼠

13

來去山頂相借問

Gâu早

日頭gâu早　雲尪gâu早
樹仔gâu早　花蕊gâu早
阿爸gâu早　阿母gâu早
朋友gâu早　gâu早gâu早

Gâu早gâu早　食飽--未
Gâu早gâu早　食飽--未
你好--無　我真好
你好--無　我真好
Gâu早gâu早　逐家攏gâu早

新ê一工　有新ê氣力
跳舞peh樹　看冊畫圖
新ê一工　有新ê心情
受氣傷心過--去koh會笑咍咍

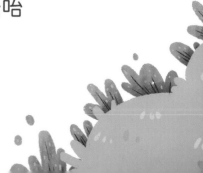

 按呢要：　配件Ⓐê尪仔標
一人一種有五張

x 2

1 喝拳贏ê人先開始。

2 一擺提一張「尪仔標」，佇「井字格」外口揀一位做發射點，用指頭仔kā尪仔標tiàk入去格仔內。

3 看尪仔標teh著佗一格較濟，大聲講出格仔內ê語句，就會sái用尪仔標占彼位。

4 若是teh著已經有尪仔標ê格仔，抑是tiàk到格仔外口，就算占領失敗，愛換後一个人。

5 一人有五擺落手ê機會，代先占著三格連做一條線ê人贏，橫--ê、直--ê、斜--ê攏會sái。

 嘛通
按呢要：　配件Ⓐê尪仔標
一人一種有五張

x 2-4

1 輪流kā「尪仔標」tiàk入去格仔內，大聲講出格仔內ê語句，就thang占彼位。

2 會sái用家己ê尪仔標去teh格仔內別人ê尪仔標，抑是kā伊sak走搶位。

3 一人有五擺落手ê機會，最後看啥人上濟格就占贏。

17

來去灶跤攢食物

你beh食啥

Gâu早　gâu早　gâu早　做伙拍噗仔
Gâu早　gâu早　gâu早
Gâu早　gâu早　gâu早　做伙拍噗仔
Gâu早　gâu早　gâu早

正ㄐ--ê 正ㄐ--ê　gâu早
倒ㄐ--ê 倒ㄐ--ê　gâu早
頭前--ê 頭前--ê　gâu早
後壁--ê 後壁--ê　gâu早

你敢食飽--ah　你beh食啥
你敢食飽--ah　你beh食啥

來去市仔食hōo飽

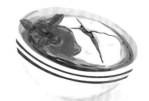

歡喜肉圓來跳舞

　　　　　　　① 　　② 　　③
正手　倒手　包肉圓/炊肉圓/糊肉圓
正手　倒手　包肉圓/炊肉圓/糊肉圓
正手　倒手　包肉圓/炊肉圓/糊肉圓

彰化肉圓通人知
台中肉圓好滋味
台南肉圓有蝦仁
鬥陣來　蹛夜市（蹛一輾）

食肉圓　（好食）
食kah眞歡喜

食肉圓　（食kah足飽--ê）
食kah眞歡喜

豬血粿
ti-hueh-kué

豆花
tāu-hue

粉圓奶茶
hún-înn ni-tê

台灣點心來辦桌

磋冰
tshuah-ping

雞卵糕
ke-nn̄g-ko

烘煙腸
hang ian-tshiâng

潤餅餃
jūn-piánn-ka

箍仔粿
khoo-á-kué

肉粽
bah-tsàng

起點

綠豆湯
lïk-tāu-thng

終點

蚵仔煎
ô-á-tsian

肉圓
âh-uân

番薯球
han-tsî kiû

臭豆腐
tshàu-tāu-hū

燒番麥
sio-huan-bèh

1. 先kā配件Ⓑê點心牌囥佇對應ê每一格內底，愛注意，有ê點心牌是兩張、有ê kan-na一張。

2. 一人揀一隻配件Ⓓê紙尪仔囥佇起點。Lián配件Ⓒê骰仔，lián著上大ê人先開始。

3. 輪流lián骰仔，照頂面ê數字決定行幾步。

4. 行到佗一格，講出內底彼項點心ê名，就會sái提一張格仔內ê點心牌。先到先提，慢來提無。

5. 若是骰仔lián著「🚫」愛暫停一擺，若是lián著「🖤」就會sái直接進一步。

6. 先到終點--ê是「速度王」，點心提上濟--ê是「點心王」，最後逐家來出菜，kā點心攏總排桌頂，同齊食一頓腥臊！

23

來到路口起躊躇

Beh去佗位

鞋仔囊--咧　　beh來去佗位
帽仔戴--咧　　beh來去佗位

外套幔--咧　　beh來去佗位
揹仔揹--咧　　beh來去佗位

茶鈷tsah--咧　beh來去佗位
點心攢--咧　　beh來去佗位

Beh去佗　去佗位　是beh按怎去
坐公車　　坐捷運　抑是beh步輦去
Beh去佗　去佗位　是beh按怎去
坐火車　　坐大船　抑是beh駛車去

Beh來去坐飛行機

來去天頂看風景

飛行機

飛行機　飛行機
1 2 3 4　飛上天
飛行機　飛行機
5 6 7 8　飛落地

飛去肯亞
飛去馬來西亞
飛去瑞典
飛去加拿大

請問你beh飛去tueh
請問你beh飛去tueh
我想beh世界踅一輾
我想beh世界踅一輾

飛向世界毋免驚
Hōo世界知影咱ê名
飛向世界毋免驚
我是家己ê第一名
我是家己ê第一名

嘿　嘿
準備起飛

嘿　嘿
準備降落

26

飛 向 世

頭殼踅5輾　　學鳥仔飛　　向腰5擺

起點

肩胛頭踅5輾　　學蟮仔行路　　孤跤跳5步

扭尻川5下　　學兔仔跳　　拍噗仔5聲

手腕轉5下　　學猩猩搥胸坎　　倒退行5步

1. 先kā配件 Ⓓ ê四隻紙艇仔囥佇起點ê飛行機頂懸，一人揀一色做彼台ê旅客，無人揀ê就算無人機。Hōo上少歲ê人耍代先。

2. 輪流lián配件 Ⓒ ê骰仔，lián--著ê彼色飛行機會sái進一步，毋過旅客愛kā雲指示ê動作做--出來才算過關。

界

毀影捋頭毛

插胳跳5下

我講 史瓦希利語 馬賽語

肯亞

假影駛車

蹔跤步10下

馬來西亞

淡米爾語
我講 英語
馬來語

福建話
我講 馬來語
英語

假影跋倒

吐喙舌

馬來語
我講 英語
爪夷語

瑞典

我講 瑞典語

終點

假影挵鼓

躡跤尾行5步

加拿大

我講 英語

我講 法語

若是lián著別人ê飛行機，只要做伙完成彼个旅客
愛做ê動作，家己嘛會sái向前一步。

2-4

ⒸⒹ

骰仔lián著「🚫」愛暫停一擺，lián著「♥」就會sái
直接進一步。

先行到終點ê人贏。

轉來台灣大集合

多謝各位囡仔兄、囡仔姊鬥相共，阿鹿完成任務，
揣著六个同伴，koh陪四个朋友提著寶石--ah！

伴伊規路ê番薯天使又koh再出現：

每一種語言，攏是珍貴ê寶石，大聲
講咱ê話，hōo別人聽會著、學會著，
伊就會發出燦爛ê光彩--ooh！

番薯天使，感謝你
我知影按怎做--ah
有緣再相會！

再會　　再會　再會
　　　　　歡喜再會
　　　　　做伙來講台語
　　　　　趣味koh有意義
　　　　　再會　再會
　　　　　歡喜再會

P 10

Hello

Hello ko-ko
Hello tse-tse
Lán tsò-hué lâi tshiùnn-kua
Lán tsò-hué tshit-thô

Hello ti-ti
Hello me-me
Lán tsò-hué lâi tshiùnn-kua
Lán tsò-hué tshit-thô

Hello gín-á-hiann
Hello gin-á-tsé
Lán tsò-hué lâi tshiùnn-kua
Lán tsò-hué tshit-thô

P 18

Lí beh tsiah siánn

Gâu-tsá gâu-tsá gâu-tsá   tsò-hué phah-phòk-á
Gâu-tsá gâu-tsá gâu-tsá
Gâu-tsá gâu-tsá gâu-tsá   tsò-hué phah-phòk-á
Gâu-tsá gâu-tsá gâu-tsá

Tsiànn-pîng--ê tsiànn-pîng--ê   gâu-tsá
Tò-pîng--ê tò-pîng--ê   gâu-tsá
Thâu-tsîng--ê thâu-tsîng--ê   gâu-tsá
Āu-piah--ê āu-piah--ê   gâu-tsá

Lí kám tsiah-pá--ah   lí beh tsiah-siánn
Lí kám tsiah-pá--ah   lí beh tsiah-siánn

P 26

Hue-lîng-ki

Hue-lîng-ki hue-lîng-ki
Tsit nn̄g sann sì pue tsiūnn thinn
Hue-lîng-ki hue-lîng-ki
Gōo lak tshit peh pue lòh tē

Tshiánn-mn̄g lí beh pue khì tueh
Tshiánn-mn̄g lí beh pue khì tueh
Guá siūnn beh sè-kài sèh tsit liàn
Guá siūnn beh sè-kài sèh tsit liàn

Heh heh
Tsún-pī khí-pue

P 14

Gâu-tsá

Jit-thâu gâu-tsá   hûn-ang gâu-tsá
Tshiū-á gâu-tsá   hue-luí gâu-tsá
A-pah gâu-tsá   a-bú gâu-tsá
Pîng-iú gâu-tsá   gâu-tsá gáu-tsá

Gâu-tsá gâu-tsá   tsiah-pá--buē
Gâu-tsá gâu-tsá   tsiah-pá--buē
Lí hó--bô   guá tsin hó
Lí hó--bô   guá tsin hó
Gâu-tsá gâu-tsá   tak-ke lóng gâu-tsá

Sin ê tsit kang   ū sin ê khuì-lat
Thiàu-bú peh-tshiū   khuànn-tsheh uē-tôo
Sin ê tsit-kang   ū sin ê sim-tsîng
Siū-khì siong-sim kuè--khì koh ē tshiò-hai-hai

附錄 **A**
Hù-lòk

次詞 ê 羅馬字
kua-sû ê lô-má-jī

P 20

Huann-hí bah-uân lâi thiàu-bú

| | ① | ② | ③ |

Tsiànn-tshiú tò-tshiú pau bah-uân/tshue bah-uân/tsìnn bah-uân
Tsiànn-tshiú tò-tshiú pau bah-uân/tshue bah-uân/tsìnn bah-uân
Tsiànn-tshiú tò-tshiú pau bah-uân/tshue bah-uân/tsìnn bah-uân

Tsiong-huà bah-uân thong lâng tsai
Tâi-tiong bah-uân hó tsu-bī
Tâi-lâm bah-uân ū hê-jîn
Tàu-tīn lâi sèh iā-tshī (Sèh tsit liàn)

Tsiàh bah-uân (Hó-tsiàh)
Tsiàh kah tsin huann-hí

Tsiàh bah-uân (Tsiàh kah tsiok pá--ê)
Tsiàh kah tsin huann-hí

---

e khì Khíng-a
e khì Má-lâi-se-a
e khì Suī-tián
e khì Ka-ná-tah

hiòng sè-kài m̄-bián kiann
o sè-kài tsai-iánn lán ê miâ
hiòng sè-kài m̄-bián kiann
á sī ka-tī ê tē-it-miâ
á sī ka-tī ê tē-it-miâ

h heh
-pī kàng-lòh

30

Tsài-huē

Tsài-huē tsài-huē
Huann-hí tsài-huē
Tsò-hué lâi kóng Tâi-gí
Tshù-bī koh ū ì-gī
Tsài-huē tsài-huē
Huann-hí tsài-huē

P 24

Beh khì tó-uī

Ê-á long--leh   beh lâi-khì tó-uī
Bō-á tì--leh   beh lâi-khì tó-uī

Guā-thò mua--leh   beh lâi-khì tó-uī
Phāinn-á phāinn--leh   beh lâi-khì tó-uī

Tê-kóo tsah--leh   beh lâi-khì tó-uī
Tiám-sim tshuân--leh   beh lâi-khì tó-uī

Beh khì tó   khì tó-uī   sī beh án-tsuánn khì
Tsē kong-tshia   tsē tsiàt-ūn ah-sī beh pōo-lián khì
Beh khì tó   khì tó-uī   sī beh án-tsuánn khì
Tsē hué-tshia   tsē tuā-tsûn ah-sī beh sái-tshia khì

Beh lâi-khì tsē hue-lîng-ki

33

P 4-5

愛講台語的阿鹿只要在學校講台語,同學總是聽不懂,說那是外國話。

他有一顆心愛的寶石,陪他度過生活中的喜怒哀樂。這天,阿鹿把寶石拿出來放在手心,想到連最好的朋友都叫他「不要講台語了啦!」,難過得流下淚來…

這個時候,神奇的事情發生了…

P 6-7

眼淚一滴到寶石,傳說中的番薯天使竟然出現在他面前!

番薯天使微笑著對他說:「講台語跟別人不一樣,讓你感到傷心是嗎?其實啊,會講台語就像是你的寶石耶!很多人已經把台語忘掉了,你可以當守護台語的英雄喔,想試試看嗎?」

「有可能嗎?不過我只有一個人而已…」

P 8-9

「來,只要把這顆寶石掛在胸口,想要守護台語的人就會跟著你。你別看這顆寶石現在看起來不起眼的樣子,等到你完成四個任務,得到其他寶石,就會發現它的秘密…」

「聽起來很有趣耶!」好奇的阿鹿,聽了就準備啟程。

各位大朋友、小朋友,接下來就請你跟他一起去完成任務,說不定,你也會得到寶石喔!

附錄 B
Hù-lòk

台 華

全書
華語翻譯

P 12-13

解任務:找找看

1. 公園裡有四種動物,每種動物有五隻,你能把牠們都找出來嗎?

松鼠　白鷺鷥　黑冠麻鷺　烏龜

2. 還有一些小朋友帶出門的東西,也請你幫忙找一下。

鞋子　點心　水壺
背包　帽子　外套

3. 找找看,這幾隻動物藏在哪裡呢?

在「沙坑」裡挖洞的松鼠

站在「鳥巢鞦韆」上面跳舞的白鷺鷥

卡在「蜘蛛攀爬網」上面的黑冠麻鷺

抱著一顆球在玩「溜滑梯」的白鷺鷥

戴著口罩在玩「跳床」的松鼠

躲在「翹翹板」裡睡覺的烏龜

P 16-17

解任務:井字遊戲

配件 Ⓐ:

黑面琵鷺　白海豚　山椒魚　穿山甲

2個人玩法:配件Ⓐ的尪仔標,一人一種有五張

1. 猜拳贏的人先開始。
2. 一次拿一張尪仔標,在井字格子外挑一個地方當作發射點,用手指把尪仔標彈進格子裡。
3. 看尪仔標主要落在哪一格,大聲說出該格子裡的語句,就可以用尪仔標占那格的位子。
4. 如果落在已經有尪仔標的格子,或者彈出格子外,就算占領失敗,要換下家進行。
5. 每人有五次出手的機會,誰先占領連成一條線的三格就贏了,橫線、直線、斜線都可以。

2-4個人也可以這樣玩:配件Ⓐ的尪仔標,一人一種有五張

Gâu早

1. 輪流把尪仔標彈進格子裡,大聲說出格子裡的語句,就能占領那個位子。
2. 可以用自己的尪仔標去壓別人格子裡的尪仔標,或是擠掉別人的尪仔標搶位子。
3. 每人有五次出手的機會,最後看誰占走最多格誰就勝出。

解任務：台灣小吃來辦桌

2-4個人一起玩

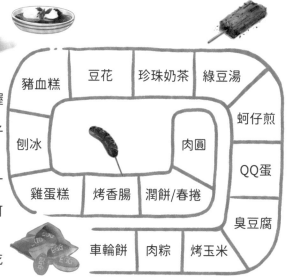

1. 先把配件 Ⓑ 的小吃牌卡放在對應的每一格裡面，注意喔，有些小吃牌卡是兩張、有些只有一張。
2. 一人選一隻配件 Ⓓ 的紙娃娃放在起點。擲配件 Ⓒ 的骰子，擲出最大數字的人先開始。
3. 輪流擲骰子，照擲出的數字決定走幾步。
4. 走到哪一格，講出格子裡那項小吃的名字，就可以拿一張格子裡的小吃牌卡。先到先拿，晚到就沒得拿了。
5. 如果骰子擲到「🚫」就要暫停一回合；如果擲到「♥」就可以直接前進一步。
6. 先到終點的是「速度王」、拿到最多小吃的是「小吃王」，最後大家一起來上菜，把拿到的小吃放在桌面，一起吃一頓豐盛的大餐！

解任務：飛向世界

2-4個人一起玩

1. 先把配件 Ⓓ 的四隻紙娃娃放在起點的飛機上，一人挑一個顏色當作那台飛機的乘客，沒人挑的就是無人機。遊戲從年紀最小的人開始。
2. 輪流擲配件 Ⓒ 的骰子，擲到哪一色，該色的飛機就可以往前一步，不過乘客要完成雲裡的動作才算過關。
3. 如果擲到別人的飛機顏色，只要一起完成該乘客要做的動作，自己也可以向前一步。
4. 骰子擲到「🚫」就要暫停一回合，擲到「♥」就可以直接向前一步。
5. 先到終點的人獲勝。

雲裡的動作：

頭部轉5圈	學鳥飛	彎腰5次	假裝梳頭髮	插腰跳5下
肩膀轉5圈	學螃蟹走路	單腳跳5下	假裝開車	用力踏步10下
屁股扭5下	學兔子跳	拍手5下	假裝跌倒	吐舌頭
手腕轉5次	學猩猩搥胸膛	倒退走5步	假裝打鼓	踮腳尖走5步

多謝！勞力！

回來台灣大集合

謝謝各位大朋友、小朋友幫忙，阿鹿完成任務，找到六個同伴，又陪四個朋友得到寶石了！一路上陪伴他的番薯天使又出現了：

「每一種語言，都是珍貴的寶石，大聲說我們的語言，讓別人聽得到、學得到，它就會發出燦爛的光芒喔！」

「番薯天使，謝謝你，我知道要怎麼做了，有緣再相逢！」

本篇指南，提供家長和老師共讀與教學的素材，讓讀者除了囡仔冊本身的內容之外，還能創造更多的互動與討論。

每一項內容皆標示了孩子的適用程度供參：

🦌 入門程度：先從生活中融入台語開始，讓孩子大量聽、覺得有趣，大人則從中建立開口說的習慣。

🦌🦌 中級程度：透過進階遊戲，讓孩子「玩台語」，不只限於仿說，還能加入識字及表達。

🦌🦌🦌 進階程度：對語言文字的使用能做深入的討論，也能思考語言環境變遷的原因，增加語言使用的意識和選擇力，培養語言平權價值。

更多共讀與教學討論，歡迎加入臉書社團：

台語鹿出任務囡仔冊交流區 🔍

P 4-9 故事ê開始　　　　　　　　　建議話題 🦌🦌🦌

不同語言的人也可以一起玩嗎？其實，不同語言的人不但能一起玩，也能一起生活呦！如果時光倒回100年前（大約是孩子阿祖的爸爸、媽媽小時候）的台灣，我們會發現，當時的小孩之間，說的是台語、客語、原住民族語，如果他有上學，老師教的是日語，而街上的大人們，則是使用這些語言交流、工作。爲了做生意、買賣，他們互相會說或能聽懂對方的語言，是很普遍的事，至於現在大家主要使用的「華語」，在100年前的台灣，幾乎是聽不到的呢，你有想過爲什麼會這樣嗎？

本書的主角是一隻梅花鹿，如果把時光倒回300年前的台灣，我們可以輕易在中低海拔的平原及丘陵看見梅花鹿的身影，但經過多年來的獵捕和棲地破壞，梅花鹿已經在野外絕跡，需要進行人工復育。是按怎梅花鹿無--ah閣愛開氣力去復育？少一種動物，會怎麼樣嗎？如果現在大家漸漸不說台語，有一天台語也會像梅花鹿一樣消失，這會有什麼關係嗎？

你有沒有聽過「國語運動」？台語本來是台灣最主要的語言，近兩百年前就有白話字[註1]，但經過兩次的國語運動[註2]，現在的小孩幾乎不說台語了（客語、原住民語當然更少），台灣的孩子和阿公、阿媽、曾祖父母說著不同的語言，甚至無法溝通，這在世界上是很罕見又不自然的現象。可以請孩子問問爸爸、媽媽和阿公、阿媽：「你敢有經歷過『國語運動』？」、「彼當陣bat拄過啥物代誌？」、「你細漢kah厝內人抑是朋友是講台語抑是華語？」、「這馬對囡仔又閣是講啥物語言？」。

以上這些問題，本書並沒有提供標準答案，鼓勵大人和孩子一起觀察周遭、提問、思索。

- 註1：白話字(Peh-ōe-jī/POJ)是一種以拉丁字母書寫台語的文字。白話字本身不僅是音標，經過發展後已被視爲一套具有完整系統的書寫文字，被廣泛的台語使用者作爲書寫表記的工具之一。（資料出自維基百科）
- 註2：台灣曾經歷過兩次國語運動：第一次發生在日本時代，當時的「國語」是日本話，政府推行與提倡日語，但台灣各族群仍然有使用自己族群語言的能力。第二次國語運動是在中華民國政府接收台灣之後，國民黨政府先是直接禁止日語，推行從北京話修改而來的「國語」，接著隨即全方位禁用台灣各族群語言：例如在學校使用「方言」會被處罰、公共場所只能使用「國語」、廣播電視的台語節目比例受到嚴格限制(如：一天只能一小時以內)，且台語在戲劇的呈現多丑化或醜化……等。

P 10-11 🎵 Hello　　　　　　　　　　音樂互動

Hello 的曲調是大家耳熟能詳的「生日快樂」旋律，可以把「Hello OO」替換成小孩的名字來唱，適合用在團體活動的開場暖身。

P 12-13 🔍 揣看覓　　　　　生活台語　　延伸遊戲

學齡前的孩子很喜歡玩捉迷藏、藏東西，玩完這個遊戲，可以將這個對話句型直接運用在生活中，比如「鞋仔佇佗位？」、「佇遮!」、「佇遐!」，許多繪本也有找東西的主題，不習慣和孩子講台語的家長、老師，可以配合互動遊戲和繪本，從「揣看覓」這個主題開始用台語和孩子共玩、共讀。

除了算出動物數量和找東西之外，還可以跟爸爸、媽媽或朋友玩「我講你揣」，講出圖中某隻動物做的事，例如：「相搶杜蚓ê兩隻山暗光」，請對方找看看在哪裡。

P 14-15 🎵 Gâu早　　　　　　　　　　生活台語

這首歌詞中不斷重複出現的「gâu早」和「食飽--未?」是台語最親切的問候語，也是最容易將台語融入生活的起點!家長、老師可以把這兩句帶入日常，早上起床、進學校見面第一句就笑瞇瞇互道「gâu早」，生活中自然出現台語，孩子能習慣切換雙語。

P 16-17 🔍 井字相借問　　　　　　　補充材料

- 英文或華語用「Good morning」和「早安」互相問好，但台語的說法是「gâu早」，或許代表過去大家都是天亮就起床，互相見面時，這句話帶有「你眞早啊!」的讚許意味。

- 如果見面的時間已經不早，「食飽--未?」就是一句很有人情味的問候語。台灣人重視吃，這一句是最實際的關心，能吃飽，代表生活過得好，也才代表有力氣下田幹活!

- 「多謝」和「勞力」都是在表達感謝，後者的感謝程度似乎更高一點，可以用在你很謝謝對方的付出的時候。

- 台語的「細膩」除了「小心」之外，也有「客氣」的意思，「免細膩」也就是「請你不用客氣」。

免客氣
免細膩

- 「順行」雖然也是在道別時使用，但是意思和「再會」不太一樣，這句話是對「離開的人」講的，如果道別時是自己要離開，向對方說「順行」就太奇怪了，因爲對方留在原地呀!

- 「暗安」說起來其實不是台語原本慣用的問候語，很可能是受到外來語「Good night」、「晚安」的影響而出現的，大家可以回去問問講台語的長輩睡前會說什麼，或許是「來睏--囉」、「較早睏--ooh」這樣直接的表達與關心。

P 18-19 你beh食啥　　　生活台語 　　　延伸遊戲

「你敢食飽--ah?」、「你beh食啥?」也是天天都能用上的日常對話,小孩聽過唸歌後能夠琅琅上口,建議家長、老師即刻將這幾個句型代換入生活情境中,用台語和孩子對話。

請孩子圍坐成圈,把配件 Ⓑ 的點心牌攤開放在圓圈中間。大家邊唸歌邊傳球(可以選取適合的段落,或只重複最後兩句),唸到最後,看球停在誰手上,那個人就要大聲說出點心牌裡的其中一種:「我beh食○○○」,其他人根據他說的去找那張點心牌,看誰最先找到,用手拍中,就可以獲得該張牌。

P 20-21 🎵 歡喜肉圓來跳舞　　　台語唱跳

打開台語路親子樂團的Facebook社團,找到這首歌的MV,一起來跳舞吧!

P 22-23 📋🔍 台灣點心來辦桌　　　補充材料 　　　延伸遊戲

「點心」的意思是三頓中間ê食物,是零食、零嘴,也可以說「小點」,或者「盤仔菜」。華語「小吃」較不適合直接照字面上的意思翻成「小食」,因為「小食」在台語是「食量小、飯量小」的意思。

請孩子抽一張點心牌,不能說出名稱也不能讓人看見圖,只能描述該項食物的特徵,讓台下其他人猜猜看是什麼。若孩子沒辦法自己獨立完成描述內容,老師可以以問題引導,例如:「是燒--ê抑是冷--ê?」、「是甜--ê抑是鹹--ê?」、「是一枝一枝、一盤一盤, 抑是一碗一碗?」、「是啥物色水?」,也可以鼓勵台下同學提問。

P 24-25 🎵 Beh去佗位　　　延伸遊戲

· 歌曲中出現七種交通方式:公車、捷運、步輦、火車、船、車、飛行機
· 帶著六種隨身物品:鞋仔、帽仔、外套、揹仔、茶鈷、點心
· 本書中出現六種地點:公園、山頂、灶跤、市仔、路口、天頂
· 本書中還出現六種要做的事:招旅伴、相借問、攢食物、食hōo飽、起躊躇、看風景

可以將上述字詞製作成台文紙卡或圖卡(視孩子的台文程度和教學目標),讓小孩各抽一張,加上合適的動詞、連接詞,組合成一個句子,例如,若抽到「鞋仔」+「灶跤」+「車」+「看風景」,就會排列出「鞋仔囊--咧,駛車去灶跤看風景。」這樣逗趣的句子。

也可以跟孩子一起添加更多的「地點、交通方式、隨身物品、要做的事」選項,增加變化。

P 26-27 🎵 飛行機　　　台語唱跳

打開台語路親子樂團的Facebook社團,找到這首歌的MV,一起來跳舞吧!

大家都知道，英國人講英語、法國人講法語，但真的是這樣嗎？一個國家裡面其實通常不會只有一種語言呢！

透過這個遊戲，我們可以引導孩子發現，不但不同國家講不同的語言(例如瑞典人講瑞典語)，在某些國家中，不同種族的人也會說不同的語言(例如馬來西亞、肯亞[1])，此外，有些國家是不同地區的人說不同的語言(例如加拿大)，而一個人也可能在日常就使用多種語言(例如肯亞、馬來西亞)。

事實上，很多我們以為語言單一的地區，其實都存在著多種語言，例如法國、英國…，不同地區的人說著不同的語言，甚至努力保護自己的語言[2]。

台灣本土語言除了最大宗的台語、客語之外，還有數十種南島語，然而因為統治者相繼以日語、華語(目前仍被稱為「國語[3]」)做為通行語言，導致多元系統受到人為破壞，快速朝向語言單一化發展。

透過這個遊戲飛向世界了解各國情況後，可以回過頭來跟孩子討論：「台灣有hiah-nī濟種語言，m̄過in攏佇佗位--咧？為啥物咱平常時聽袂著？你家己會曉講幾種？」

- 註1：肯亞國內有超過40個民族，分為三大語系，族群語言複雜而繁多，雖然有英語和史瓦希利語做官方語言，但許多部落仍然使用各自的母語。本頁難以呈現肯亞的語言全貌，僅以最具特色、最廣為人知的馬賽族做代表。
- 註2：英國境內的蘇格蘭有蓋爾語、威爾斯有威爾斯語，並非只有英語；法國的布列塔尼和普羅旺斯地區，也分別有布列塔尼語和歐西坦語，這些語言都還有一定的使用人口，因為面臨危機，所以也各自有復振運動進行中，例如在學校中以該語言進行教學。
- 註3：依照2019年公佈的「國家語言發展法」第三條，國家語言係指「臺灣各固有族群使用之自然語言及臺灣手語」。依此定義，臺灣台語、臺灣客語、臺灣原住民各族語…等，均為國家語言。

整本囡仔冊裡面暗藏了許多小細節，沒發現的話，現在可以回頭重看一次喔！(以下為台文引導句)
- 阿鹿上路出任務了後，番薯天使自頭到尾神秘守護，每一頁歌詞kah遊戲頁攏有伊ê形影，你敢揣ê著？
- 阿鹿邀請伊佇公園拄著ê四個囡仔做伙去出任務，這四個囡仔ê衫頂懸各有一種保育動物，你敢攏熟？會使到配件Ⓐê桄仔標頂懸揣答案。
- 阿鹿kā寶石掛佇胸前，大聲唱歌了後，就會拄著其他掛寶石ê鹿仔，攏總有幾隻？請你揣看覓。
- 斟酌kah看，伴阿鹿出任務ê四個囡仔，頭起先並無掛寶石，in是佇佗位揣著寶石--ê？Kā你點--一下，寶石藏佇四個遊戲頁內底。

「每一種語言攏是珍貴ê寶石，大聲講咱ê話，hōo別人聽會著、學會著，伊就會發出燦爛ê光彩--ooh！」這是番薯天使想要對阿鹿和所有讀者說的話。

台灣原本盛產豐富多樣的「寶石」，但華語這種寶石來到這裡後，在政府的強力推行下大放異彩，很長一段時間，島上人民被禁止掛出自己原本的寶石。現在，雖然這樣的禁令已經消失，但大家似乎已經習慣收起各自的寶石，使得很多小孩連自己家傳的寶石都不認得。

每一種語言都是珍貴的寶石，而家傳的又特別珍貴，因為它承載著感情和族群文化。

台語路透過阿鹿的故事，想要鼓勵所有的大小讀者：如果你擁有珍貴的家傳寶石，請把它戴上、請把它傳給下一代；而如果你不認得這顆寶石，也可以像書中四個小孩一樣，透過唱歌和遊戲來獲得它，因為你將能透過這顆寶石更認識這片土地的過去，也豐富自己的未來。

P 4-5

1. **便若**：piān-nā。凡是、只要。
2. **佇**：tī。在某個地方、某個時間。
3. **喜怒哀樂**：hí-nōo-ai-lȯk。歡喜、憤怒、悲傷、快樂。
4. **這工**：tsit kang。這天。「工」爲計算天數的單位。
5. **提**：thȅh。拿取，獲得。
6. **捧**：phóng。雙手由下而上托著物品。
7. **上好**：siōng hó。最好、最佳的表現。「上」爲極致地、最……地。
8. **kah**：到……的地步。表示所達到的結果或程度。
9. **輾**：liàn/lìn。滾動。

P 6-7

1. **tin**：滴落。
2. **笑bi-bi**：tshiò-bi-bi。笑瞇瞇。
3. **hōo**：讓。
4. **誠**：tsiânn。很、非常。
5. **honnh**：反問語助詞，表示與問話者確認的語氣。
6. **neh**：表示讚許、得意或加強語氣的語助詞。
7. **濟**：tsē/tsuē。多。
8. **袂**：bē/buē。不。否定詞。
9. **ah**：語尾助詞。表示改變。
10. **kan-na**：只有、僅僅。

P 8-9

1. **beh**：beh/bueh。要、想，表示意願。
2. **綴**：tuè/tè。跟、隨。
3. **這馬**：tsit-má。現在。
4. **phú-phú**：模糊、灰暗或不鮮明顏色。「看〜phú-phú」意爲對〜看不上眼。
5. **聽候**：thìng-hāu。等候，等到某個時候。
6. **耍**：sńg。玩、遊戲。
7. **好玄**：hònn-hiân。好奇。對於自己所不了解的事，覺得新奇而感興趣或去探查原由。
8. **囡仔兄、囡仔姊**：gín-á-hiann、gín-á-tsé。對小男孩、小女孩的一種客氣的當面稱呼。
9. **紲**：suà。接、續。

P 10-11

迌迌：tshit-thô。遊玩。

P 12-13

1. **揣**：tshuē/tshē。尋找。
2. **一寡仔**：tsit-kuá-á。一點點、一些些。
3. **tsah**：攜帶。
4. **鬥**：tàu。幫忙。
5. **揹仔**：phāinn-á。背包
6. **徛**：khiā。站立。
7. **岫**：siū。禽獸蟲鳥的巢穴。
8. **覕**：bih。躲、藏。
9. **牢**：tiâu。緊密結合分不開。在此表示緊緊抓住
10. **peh**：攀爬。
11. **mooh**：緊抱、緊貼。

P 14-15

1. **相借問**：sio-tsioh-mn̄g。打招呼、寒喧。互相打招呼問候。
2. **雲尪**：hûn-ang。出現在天空中的山形或人形的大片雲朵。
3. **受氣**：siū-khì/siūnn-khì。生氣、發怒。
4. **笑咍咍**：tshiò-hai-hai。哈哈笑。

P 16-17

1. **尪仔標**：ang-á-phiau。一種直徑大小約五公分的圓型紙牌，上面印有各種漫畫人物或明星照片，爲台灣早期的童玩之一。
2. **喝拳**：huah-kûn。划拳。猜拳、彼此助興。
3. **一擺**：tsit-pái。一次。「擺」爲計算次數的單位。
4. **外口**：guā-kháu。外面、外頭、外邊。
5. **tiȧk**：彈射。
6. **teh**：壓。
7. **落手**：lȯh-tshiú。下手、著手。動手去做某件事。
8. **斜**：tshuȧh。不平行、不垂直的線條，尤其是指對角線。

配件 Ⓐ：

· **烏面抐桮**：oo-bīn-lā-pue。黑面琵鷺。
· **白海豬**：pȅh-hái-ti。白海豚。
· **塗龍**：thôo-liông。山椒魚。
· **鯪鯉**：lâ-lí。穿山甲。

18-19

灶跤：tsàu-kha。廚房。料理三餐和食品的地方。
攢：tshuân。張羅、準備。
食物：tsiàh-mih/sit-bùt。泛指吃的東西。
拍噗仔：phah-phók-á。鼓掌、拍手。雙掌相擊以示獎勵。
正爿：tsiànn-pîng。右邊。方位名，與「左邊」相對。
倒爿：tò-pîng。左邊、左側。
後壁：āu-piah。背面、後面。

20-21

糋：tsìnn。炸。
炊：tshue。以隔水加熱的方法把食物蒸熟。
踅：sèh。
a. 來回走動、繞行、盤旋或是散步（如踅夜市）。
b. 轉動（如踅一輾）。

22-23

骰仔：tâu-á。骰子。
囥：khìng。放入。
lián：擲骰子的動作。
逐家：tàk-ke。大家、衆人。
同齊：tâng-tsê。同時一起。
腥臊：tshenn-tshau。指菜色豐盛。
箍仔粿：khoo-á-kué。車輪餅，一種台灣小吃。各地說法不同，也有：管仔粿 kóng-á-kué、紅豆餅 âng-tāu-piánn、車輪仔餅 tshia-lián-á-piánn、太鼓饅頭（日語：たいこまんじゅう）…等說法。

24-25

起躊躇：khí-tiû-tû。猶豫、遲疑。
囊：long。穿進去。
幔：mua。將衣物披在身上。
步輦：pōo-lián。徒步、步行。

P 26-27

1. **家己**：ka-tī/ka-kī。自己、本身。
2. **降落**：kàng-lòh。由高而低的落下、下墜。

P 28-29

1. **頂懸**：tíng-kuân。上面、上頭。
2. **代先**：tāi-sing。第一個。
3. **肩胛頭**：king-kah-thâu。肩膀。
4. **向腰**：ànn-io。彎腰。
5. **捋**：luàh。梳、撫，也用於抽象的撫平。
6. **跋倒**：puàh-tó。跌倒、摔跤。
7. **插胳**：tshah-koh。插腰。手臂向外彎曲，手掌做扶腰的動作。
8. **蹔跤步**：tsàm-kha-pōo。用力踏步。
9. **躡跤尾**：nih-kha-bé/neh-kha-bué。踮起腳尖。

P 30-31

1. **鬥相共**：tàu-sann-kāng。幫忙。幫助他人做事或解決困難。
2. **規**：kui。整個。完全的，全部的。
3. **燦爛**：tshàn-lān。光彩美麗。

羅馬字看了不會唸？
或者想要學習更多嗎？

掃 QR Code，直接下載教育部《咱來學臺灣閩南語》網路學習版（免費），推薦從第一冊《學拼音有撇步》開始，有完整介紹字母發音，附詳細音檔，清楚明瞭，讓你能在短時間內系統性的學會台語羅馬字拼讀！

Q： 爲什麼台語路親子樂團想要出這本囡仔冊？

A： 聯合國教科文組織(UNESCO)在《世界瀕危語言地圖》一書中，提供了衡量瀕危語言的指標。其中，台語在「跨世代語言傳承」的指標已是：

【確定瀕危】- 小孩已經無法在家中像學習母語一樣學習這個語言。
【嚴重瀕危】- 只有祖父母或更老的輩分使用，父母不一定會說，也不會跟小孩說。

台語路親子樂團希望透過囡仔冊，提供親子在家中使用台語的機會及媒介，讓孩子能在音樂、遊戲、故事中，輕鬆接觸台語，也希望孩子能因此愛上這個語言，在生活中自然地使用，讓台語有機會在更多家庭中傳承下去。

Q： 我們應該如何使用這本書呢？

A： 這本囡仔冊最大特點之一是，我們提供了音樂、遊戲、故事，可根據家中孩子的喜好選取想要先嘗試的項目，例如，可以帶孩子聽琅琅上口的台語囡仔歌；可以和孩子玩設計的關卡遊戲；而我們最推薦的方式是依照書的頁面順序，邊聽故事、邊聽囡仔歌，以及一邊玩遊戲。

本書都有附上QR Code，可隨時掃描QR Code聽取錄音檔以及觀看遊戲玩法喔！

Q： 如果孩子在閱讀這本囡仔書的過程中，因爲聽不熟悉的台語而反彈，應該要怎麼辦？

A：
1. 因爲孩子語言的「舒適圈」被挑戰，所以孩子會反彈是正常的，可以先同理孩子的感受。接著，我們可以利用這本囡仔冊的遊戲，增加講台語的趣味性，也可以試著先從音樂開始，跟著哼唱琅琅上口的囡仔歌，慢慢提高孩子的接受度。
2. 用一次一句／一天一句的速度累積、增加。
3. 閱讀本書時，我們尊重孩子講或不講台語，然而父母還是可以盡量依照本書的方式講台語，讓孩子慢慢接觸台語，如果孩子聽不懂也沒關係，做一個支持孩子的大人，循序漸進讓孩子熟悉這個語言。

台語路親子樂團希望透過《**台語鹿出任務—發光ê寶石**》這本書，提供親子開口說台語的機會，創造親子之間的台語回憶，更殷切希望這本書讓更多家庭願意以台語做爲家庭語言，讓台語能夠繼續活在我們的生活中。

Q： 我看不懂這本囡仔冊的文字，怎麼辦？

A： 本書採用的台文漢字是根據「教育部臺灣閩南語常用詞辭典」，羅馬字則採用「臺灣閩南語羅馬字拼音方案」，簡稱「臺羅」。

聽、說、讀、寫是分開不同的能力，為什麼大多數人不會讀、寫台文，是因為讀、寫的能力是需要學習的，舉例來說，5、6歲的小孩很會講華語，但他們還不識字，是無法讀、寫華文的，假如有個弱勢的孩子都未去過學校，那可能他到10歲，很會講華語，但是依然不會讀、寫華文。由上述例子可知，過去我們沒有環境可以學讀、寫台文，因此如果看不懂書中的台文是很正常的。

如果親子尚不熟悉台文，也沒有關係，本書提供親子閱讀台文的機會，並將發音附於QR Code之中，父母可利用QR Code，一邊聽一邊認識台文字，另外我們亦有整理生難字詞（附錄D─台語小教室），可提供參照詞彙意思及發音。

Q： 如果我開始想跟孩子講台語，我應該要怎麼做？
[目標對象是還不太會說話的嬰幼兒]

A： 如果你的孩子是還不會說話的嬰兒，這時候開始和孩子講台語是最容易的！你需要的只是「以意志力改變自己的語言習慣」，以及「幫自己尋找支持系統」。孩子不會因為語言的改變，而有不同的反應。

可以試著這樣做：

1. 設定緩衝期，允許自己台華交錯地對孩子說話，並逐漸增加講台語的比重。慢慢找回台語的語感以及學習查詢台語相關資源。
2. 緩衝期結束後，開始全台語，嬰兒溝通除了依賴口語，也大量透過肢體動作、表情、音調……等等。所以，我們完全切換成台語聲道，孩子的適應不會造成太大的問題。

Q： 如果我開始想跟孩子講台語，我應該要怎麼做？
[目標對象是已慣用華語或其他語言的孩子]

A：
1. 漸進法
   ・ 第一階段：以完整的台語句子和孩子說話，可以「一句台語、一句華語翻譯」慢慢增加頻率與時間。
   ・ 第二階段：減少華語翻譯的比例。
   ・ 第三階段：等孩子願意開口，主動請孩子跟著大人複述單詞和句子。而不管孩子能說多少，請別忘了經常給予具體的鼓勵和肯定。
2. 空間法
   ・ 使用地點來區分使用語言，如：廚房、客廳說台語；書房說英語。
   ・ 可以經過一段時間再調整不同空間使用的語言，可以讓孩子快速熟悉不同空間使用的台語語句。
   ・ 有明顯空間區隔，降低孩子的挫折感。
3. 時間法
   ・ 訂定台語時間，如：吃飯時間用台語，可在餐桌放立牌互相提醒。
   ・ 逐步漸進式增加時間，直到全台語。
   ・ 有明顯時間區隔，降低孩子的挫折感。

台語鹿出任務
Tâi-gí-lȯk Tshut Jīm-bū

－ 發光 ê 寶石 －
Huat-kng ê Pó-tsiȯh

作者｜台語路親子樂團 Tâi-gí-lōo Tshin-tsú Gȧk-thuân

图仔冊

編輯策劃｜董力玄
插畫繪製｜鮑品忻 / 黃小薇
美術設計｜郭白欣
封面設計｜T.n.p台灣新計劃 / 郭白欣
內容創作 / 遊戲設計｜董力玄 / 鄭宜君 / 鄭驊 / 蔡佩玹
台文校稿｜賴欣宜
附錄撰寫｜董力玄 / 黃玟菱 / 賴欣宜 / 董力巧
全書校對｜陳君陵
台語顧問｜王昭華 / 陳豐惠
計畫顧問｜張學謙 / 蘇凰蘭
出版補助｜文化部本土語言創作及應用補助

出版者｜前衛出版社
　　　　地址｜104056台北市中山區農安街153號4樓之3
　　　　電話｜02-25865708
　　　　傳眞｜02-25863758
　　　　購書業務信箱｜a4791@ms15.hinet.net
　　　　投稿代理信箱｜avanguardbook@gmail.com
　　　　官方網站｜http://www.avanguard.com.tw
出版總監｜林文欽
法律顧問｜南國春秋法律事務所
總經銷｜紅螞蟻圖書有限公司
　　　　地址｜114066台北市內湖區舊宗路二段121巷19號
　　　　電話｜02-27953656
　　　　傳眞｜02-27954100

出版日期｜2023年1月初版一刷
定價｜新台幣1050元
@Avanguard Publishing House 2023｜Printed in Taiwan
ISBN｜978-626-7076-83-5

最新出版與活動訊息，請鎖定「台語路親子樂團」Facebook專頁　　台語路親子樂團 🔍

更多書籍、活動資訊，請上「前衛出版社」Facebook專頁按讚　　前衛出版社 🔍

有聲冊

配音｜史茵茵 Ying-ying Shih / 陳映璇 Vivi(肉圓姊姊) / 董力玄 Táng Lȧk-hiân
錄音師｜陳仕桓
錄音室｜海馬音樂工作室
剪輯後製｜楊晉淵 A-ian
網站建置｜李雅雯
網站美編｜郭白欣

音樂製作人Music Producer | 楊晉淵 A-ian / 陳昭宇 Chao-Yu Chen
錄音師Recording Engineer | 陳昭宇 Chao-Yu Chen / 羅國輝 LOGO / 陳柏勳 Sean Chen
錄音室Recording Studio | Meow music studio / LOGOLOGO音樂社 / 深海魚雷Art & Music
混音師Mixing Engineer / 母帶後期處理製作人Mastering Producer | 陳昭宇 Chao-Yu Chen
混音室Mixing Studio / 母帶後期處理錄音室Mastering Studio | Meow music studio

Hello
演唱Lead Vocal | 陳映璇 Vivi(肉圓姊姊)
作詞Lyricist | 董力玄 Táng Lėk-hiân
作曲Composer | 生日快樂歌改編
編曲Arrangement / 木吉他Acoustic Guitar | 楊晉淵 A-ian

Gâu早
演唱Lead Vocal | 陳映璇 Vivi(肉圓姊姊)
作詞Lyricist / 作曲Composer | 董力玄 Táng Lėk-hiân
編曲Arrangement | 楊晉淵 A-ian / 陳昭宇 Chao-Yu Chen
木吉他Acoustic Guitar | 楊晉淵 A-ian / 陳昭宇 Chao-Yu Chen
低音吉他Bass | 陳馮岼 Axter.Chen
和聲編寫Background Vocal Arrangement | 陳乃嘉 Nai-ka Christina Tan
和聲Background Vocal | 陳乃嘉 Nai-ka Christina Tan / 史茵茵 Ying-ying Shih / 董力玄 Táng Lėk-hiân /
洪以芯 Âng Í-sim / 鄭宜君 Tēnn Gî-kun / 楊淯硯 Iûnn Iȯk-hiān / 楊沐熹 A-tī / 鄭宇柔 Jiû-jiû

你beh食啥
演唱Lead Vocal | 楊晉淵 A-ian / 楊淯硯 Iûnn Iȯk-hiān
作詞Lyricist / 作曲Composer / 編曲Arrangement | 楊晉淵 A-ian

歡喜肉圓來跳舞
演唱Lead Vocal | 陳映璇 Vivi(肉圓姊姊)
作詞Lyricist | 黃玟菱 N̂g Bûn-lîng
作曲Composer | 黃玟菱 n̂g Bûn-lîng
編曲Arrangement / 烏克麗麗Ukulele | 楊晉淵 A-ian
和聲Background Vocal | 楊晉淵 A-ian / 楊彧熙 A-hi

Beh去佗位
演唱Lead Vocal | 楊晉淵 A-ian / 楊淯硯 Iûnn Iȯk-hiān
作詞Lyricist | 董力玄 Táng Lėk-hiân
作曲Composer / 編曲Arrangement | 楊晉淵 A-ian

飛行機 (Acoustic)
演唱Lead Vocal | 陳映璇 Vivi(肉圓姊姊) / 楊淯硯 Iûnn Iȯk-hiān
作詞Lyricist | 黃玟菱 n̂g Bûn-lîng
作曲Composer | 楊晉淵 A-ian
編曲Arrangement / 木吉他Acoustic Guitar | 楊晉淵 A-ian
低音吉他Bass | 陳馮岼 Axter.Chen
和聲編寫Background Vocal Arrangement | 陳乃嘉 Nai-ka Christina Tan
和聲Background Vocal | 陳乃嘉 Nai-ka Christina Tan / 史茵茵 Ying-ying Shih / 董力玄 Táng Lėk-hiân /
洪以芯 Âng Í-sim / 楊彧熙 A-hi / 楊昀霏 Ûn-hui / 楊晉淵 A-ian

再會
演唱Lead Vocal | 陳映璇 Vivi(肉圓姊姊)
作詞Lyricist | 董力玄 Táng Lėk-hiân
作曲Composer | 德國民謠改編
編曲Arrangement / 鋼弦吉他Acoustic Guitar | 楊晉淵 A-ian
尼龍吉他Nylon Guitar | 陳昭宇 Chao-Yu Chen

飛行機 (punk)
演唱Lead Vocal | 陳映璇 Vivi(肉圓姊姊) / 楊淯硯 Iûnn Iȯk-hiān
作詞Lyricist | 黃玟菱 n̂g Bûn-lîng
作曲Composer | 楊晉淵 A-ian
編曲Arrangement / 電吉他 Electric Guitar / 低音吉他Bass | 陳昭宇 Chao-Yu Chen